Giulia Giacomucci

I0533251

Come una scia di fuoco nella notte

Youcanprint *Self-Publishing*

Titolo | Come una scia di fuoco nella notte
Autore | Giulia Giacomucci
ISBN | 978-88-91156-22-8

Youcanprint Self-Publishing
Via Roma, 73 - 73039 Tricase (LE) - Italy
www.youcanprint.it
info@youcanprint.it
Facebook: facebook.com/youcanprint.it
Twitter: twitter.com/youcanprintit

PREMESSA

"Come una scia di fuoco nella notte" è un viaggio negli ultimi istanti di vita di Cesarione, figlio di Giulio Cesare e della regina Cleopatra.
Con uno stile carico di *pathos* e coinvolgimento emotivo tipico dell'età giovanile, Cesarione si tramuta nello storico, nel biografo di sua madre.

La tradizione storica romana ci ha tramandato l'immagine di una Cleopatra ingannatrice, subdola, che fa della bellezza la sua forza *(Dante stesso risente di questa influenza collocandola tra i lussuriosi nella sua Commedia).*

Giulia Giacomucci ci pone di fronte ad una versione più autentica: una donna intelligente, un abile politico,una madre dolce…

L'autrice si camuffa nelle spoglie di Cesarione e raggiunge lo scopo prefissato: non raccontare, ma incuriosire, e spingere alla ricerca del vero…

Antonio Ciardo

Il sole cocente, dai raggi incandescenti, spadroneggia nel cielo, senza alcuna pietà. La barca di Ra, dopo aver vinto l'ennesima battaglia contro il mostro che dalla notte dei tempi tenta di impedire la continuazione del viaggio, prosegue indisturbata sulle soglie cerulee da est verso ovest.

Il dio dalla testa di falco contempla, dall'alto della sua maestà, il mondo degli umili e comuni mortali, imprigionati dalle catene dell'inarrestabile scorrere del tempo. E probabilmente solo lui è il testimone di un fatto sconosciuto, oscuro, che sarà per sempre celato all'umanità intera.

Dall'alto del cielo, solo il dio Ra riesce a vedere anche quello che gli uomini orgogliosi cercano di far cadere in oblio. L'errore più grande che l'uomo possa fare è credere di avere il potere di celare per sempre dei segreti scomodi. Prima o poi essi torneranno a galla, o spontaneamente, o per mezzo di un misterioso testimone che, dopo anni di silenzio, preferirà svelare uno dei beni più preziosi del genere umano: la verità...

E proprio il dio Ra, il Sole invincibile, è testimone di questo fatto caduto in oblio più di duemila anni fa...un fatto che finalmente è risorto dalla polvere e dalle sue stesse ceneri per svelare al mondo intero misteri per troppo tempo rimasti nascosti, i segreti celati nel cuore di un giovane che fino all'ultimo istante della sua breve vita ha cercato l'aiuto dell'amore di sua madre.

Ed è proprio questo magico episodio, conservato nei secoli nello scrigno dei ricordi del dio, che sto per narrarti...

Chiudi gli occhi e abbandonati ai sensi. Lasciati invadere dal caldo travolgente dei raggi del sole alto nel cielo. Lo senti? Riesci a percepire lo scorrere dei granelli della sabbia dorata tra i piedi? Senti il delicato cammino di ogni singolo granello sulla tua pelle, passo dopo passo?

Ascolta...il canto melodico del vento raggiunge a malapena il tuo orecchio, scompigliandoti i capelli...porta con sé rumori insoliti, rari per un luogo inospitale come quello in cui la forza evocativa della tua immaginazione ti ha catapultato...

Tintinnii metallici, ripetuti ritmicamente...apri i più disparati cassetti della memoria, e cerca un'ipotetica causa da associare a questo stridio inusuale. Cerca...cerca...cerca...un vago ricordo di armature di metallo, le cui placche si scontrano a causa di un ritmico movimento del corpo generando l'armonico tintinnio che il vento sta portando con sé.

Ascolta…che altro il tuo orecchio riesce a cogliere mentre il vento ti accarezza il volto con delicatezza? Un senso di fatica. Esternato con sbuffi saltuari, con frequenti nitriti. Cavalli, oserei dire…cavalli al galoppo…il rumore degli zoccoli è attutito dall'abbraccio della sabbia. L'unico segno della loro presenza è la loro voce, stanca per lo sforzo. Da quanto tempo staranno correndo? Per quanto tempo ancora dovranno continuare a lottare contro il dolore prima di trovare requie? Ma all'improvviso risuona con forza dirompente una voce che grida: "Hic sistite". Latino. È Latino. Soldati romani.

Abbandonati alla magia, al potere della tua immaginazione che rievoca il passato…abbandonati al caldo, alla sensazione piacevole della sabbia sotto i piedi, al vento caldo e debole e ai suoni che ruba e porta con sé…abbandonati ai sensi, rompi le catene degli schemi mentali, esci dagli argini del fiume del presente…

E adesso…apri gli occhi!

Sulle dune sabbiose del deserto africano cinque soldati romani scendono dai loro cavalli stremati per la fatica e lo sforzo. Sotto i loro elmi lucenti decorati con pennacchi dal colore sgargiante scorrono rapide gocce di sudore. Il loro corpo non è abituato a un caldo così arrogante, ma il loro cuore è segnato da un'antica e silenziosa sopportazione.

Arrancando con fatica, i piedi affondati nella sabbia rovente, si avvicinano a un sesto cavallo, nero come la pece, l'unico che non mostra segni di stanchezza. Che strano...la fierezza dello sguardo di quell'animale a cosa può essere dovuta? Forse nessuno saprà mai cosa ha tormentato la mente di quel cavallo...ma se sposti lo sguardo verso l'alto, in direzione del luogo verso cui tende l'animo umano, puoi essere testimone di un'altra anomalia. Sul dorso dell'animale siede, a torso nudo, un uomo dal capo coperto: ha le mani legate. La nebbia dei dubbi che fino a quell'istante ha regnato nella tua mente svanisce in un attimo. È un prigioniero.

I soldati, animati da un disumano disprezzo, con risate di sdegno, strattonano il giovane dalla pelle dorata e dal volto sconosciuto, facendolo cadere con violenza dal suo destriero. Ma dalle sue labbra non esce nemmeno un gemito di dolore.

Insensibilità?
Orgoglio?
Sopportazione?

Esasperazione?

Cosa c'è oltre quell'ignoto che orchestra le sue pulsazioni?

Una volta slegate le mani, due soldati lo prendono per le braccia costringendolo a inginocchiarsi ai piedi del nulla.

E ora guardati attorno con molta attenzione. Sposta leggermente lo sguardo a destra, e ti accorgerai che in realtà l'artefice di ogni singola mossa di quel milites è un uomo rimasto in disparte fino a quel momento, sul dorso del suo cavallo bianco, vestito di porpora, i ricci capelli spettinati dalla brezza leggera.

Dopo interminabili secondi di statuaria stasi, avanza lentamente. Gli zoccoli del cavallo affondano, e rendono ogni movimento uno sforzo infernale e disumano. L'artefice ferma il destriero di fronte al prigioniero. Un impercettibile movimento del suo capo fa scattare la mano di uno dei soldati: con forza bruta scopre il volto del giovane, liberandolo dalla prigionia del sacco di iuta che lo ha privato di identità fino a pochi istanti prima.

Cosa vedi? Fissa nella tua memoria i lineamenti di quel volto ambrato, incorniciato da capelli corvini. Ricordati quel viso, perché non incontrerai più degli occhi così profondi: la regale intensità di quel nero cela un'alchimia di emozioni.

Paura.

Orgoglio.

Rabbia.

Aria di sfida.

Audacia.

Coraggio.

Amarezza.

Energia dirompente.

Disperazione.

Tenerezza infinita.

Desiderio di non arrendersi.

Ardore.

Amore celato e custodito gelosamente.

Determinazione.

Dolore... tanto dolore.

E ora perditi in quegli occhi...nuota in quella profondità...danza al ritmo dei sentimenti che comunicano...lasciati andare nel flusso dei suoi pensieri per accedere direttamente allo scrigno del suo cuore, diventando padrone, anche se per un momento, del suo più grande tesoro: il ripercorrere i suoi ricordi, vivendo, istante per istante, tutte le emozioni che hanno segnato in modo indelebile la sua intensa esistenza.

"Fatti forza...ti prego fatti forza. Non cedere, dimostra il tuo valore...continua a battere, ti prego non mi tradire. Non abbandonarmi in questi ultimi istanti...non abbandonarmi ti supplico. Non ho più nulla, non ho più nessuno. Non credevo che avrei temuto così tanto la morte. Non era mai stato uno dei miei fantasmi...e ora invece quello che era una certezza si è magicamente tramutato in dubbio. Non ho mai pensato molto alla mia morte...la vedevo sopraggiungere nella mia vecchiaia, venirmi incontro nel mio letto, nel sonno...la vedevo avvicinarsi, prendendomi la mano e portarmi via, sorreggendo il peso dei miei lunghi anni.

E ora invece sento il suo respiro gelido sul mio collo, desiderosa si carpire l'energia della mia gioventù. Solo la sensazione del suo tocco fatale mi terrorizza, annebbiando ogni singola facoltà, distruggendo le mie sicurezze, i miei pilastri, i miei fari. Quanti valori, quante certezze mi hanno guidato in questi anni? E ora il passo cadenzato della Signora delle tenebre che si avvicina in modo inesorabile disintegra le mura apparentemente inespugnabili che per tanto tempo mi avevano protetto, nascondendo forse anche tutte le mie debolezze e soprattutto la mia ingenuità.

Poche volte mi è capitato di fermarmi improvvisamente davanti a uno specchio, come colpito da un fulmine, guardare il mio riflesso e pensare a quell'incontro inevitabile. Lo vedevo troppo lontano, quasi impossibile…e invece è arrivato molto prima del previsto. Ma quelle poche volte che ho riflettuto sull'istante impercettibile in cui lasciamo per sempre il nostro guscio, la nostra protezione di carne, ho sempre immaginato di viverlo vicino a qualcuno che mi stringesse teneramente la mano. Mia moglie. I miei figli. Ero convinto, fermamente convinto, che qualcuno ci sarebbe stato, e avrebbe aspettato fino all'ultimo secondo, per non perdersi gli ultimi istanti della mia vita…per starmi vicino a comunicarmi in quel modo il suo affetto per me fino alla fine.

Non è andata proprio così…nessuno accarezza le mie mani con amore, nessuno mi guarda con gli occhi annebbiati da fiumi di lacrime. Le mie braccia segante dal dolore sono strette nella ferrea morsa di due legionari senza cuore. Non si addice a un sovrano di stirpe divina tenere la testa bassa di fronte al nemico…ma ho paura. Solo ora mi rendo conto che anche gli uomini nelle cui vene scorre sangue divino e regale sono vittime della paura. Ho paura, paura di incontrare lo sguardo senza pietà e colmo di sdegno di quegli uomini.

Ridono. Stanno ridendo di me, della mia codardia...ridono perché non riesco a trovare il coraggio di guardarli negli occhi".

«Costui sarebbe il figlio del grande Cesare? Se sei il figlio di Cesare, dov'è il suo coraggio? Dove la sua audacia? Dove il suo essere temerario? Non sei degno di portare il suo nome...non sei degno di avere il suo sangue. Un uomo orientale, molle ed effeminato, codardo e preda del vizio...ecco cosa sei! Da una strega come tua madre non poteva nascere nulla di meglio...»

"Ogni uomo è nato con delle doti, altre le ha sviluppate nel tempo. E una delle mie qualità innate è la sopportazione. C'è chi dice che negli ultimi istanti di vita una tempesta rivoluzioni l'animo del condannato a morte, cambiando anche le scritte indelebili del cuore. E forse i vecchi saggi hanno ragione.

Non avrei mai pensato che sarei diventato una facile preda dell'Ira, donna passionale e furiosa che domina con il suo fascino innato gli uomini, imprigionandoli in catene irrazionali ed allontanandoli dalla realtà in cui vivono, per poi rinchiuderli in un mondo fittizio in cui tutto è stravolto e insensato. Il fascino dell'Ira non mi aveva mai sedotto…ma ora riesco ad assaporare il dolce profumo di questa tentatrice. La mente razionale che per anni aveva guidato le mie scelte e i miei passi ora viene violentemente scacciata dal suo trono per fare spazio al dominio dell'impulso. E c'è solo una cosa che può farmi cadere in questa tentazione…che permette al furor di trionfare nel mio corpo e nella mia mente, miseri e insanguinanti campi di battaglia. Solo una cosa può scatenare nel mio cuore la stessa μῆνις di Achille, talmente potente da essere stata decisiva per l'esito di una guerra di dieci anni, combattuta in nome dell'onore e per ricercare la tanto ambita immortalità".

Come un indovino invasato dalla presenza di un dio, il giovane diventa teatro dell'azione di una forza portentosa che partorisce un cambiamento repentino e inspiegabile, insolito e quasi impossibile per un'indole come quella. Il tremore degli arti, delle braccia, delle gambe piegate sulla sabbia delle dune, svanisce lasciando il posto a una solidità marmorea, a una fermezza divina, statuaria, troppo perfetta per essere umana.

Vedi i suoi muscoli contratti? Li vedi? Senti il battito rapido, come un cavallo impazzito al galoppo, del suo cuore pulsante? Lo senti?

Avvicinati senza far rumore...avvicinati e chinati per guardare il suo viso: vedrai una luce brillare in quegli occhi del colore della notte, una luce nuova...una luce accesa da una speranza, da un mistero finalmente svelato nell'animo di quel ragazzo, un ricordo riemerso dagli abissi per poter dare forza a quel cuore sofferente, segnato da tanti dolori.

Quale vento impetuoso sarà soffiato scuotendo quell'animo straziato, donandogli la sua ultima dose di energia vitale da spendere nel migliore dei modi per non lasciare in questo mondo dei conti in sospeso? Cosa sarà accaduto nel petto di quel giovane per farlo sorridere di nuovo, e soprattutto per fargli trovare la forza di affrontare i suoi nemici senza un velo di paura nello sguardo?

Quale spiegabile evento se non il sorgere di un ricordo? Molti sottovalutano il potere del rivivere intensamente il proprio passato, ripercorrendo a ritroso le proprie esperienze. Ma tu non cadere mai in questo errore grossolano. Chi conosce il proprio passato trova anche la forza di affrontare il presente. Chi non conosce il proprio passato non ha futuro.

Il Passato è padre dell'Esperienza, generata da una madre di un'eccezionalità straordinariamente unica: la Comprensione dei propri errori.

Il Passato è il magister più saggio, l'unico che riesce ad educare pienamente l'essere umano, l'unico che è vittorioso nell'ardua impresa di "ex ducere", di far emergere il meglio di ogni uomo.

Che senso ha guardare avanti senza essersi prima voltati a contemplare il cammino segnato dai passi dei nostri antenati? Alla base del nostro agire, in ogni nostro gesto "drammatico" nel senso greco della parola, c'è la traccia di decisioni prese da qualcuno venuto prima di noi.

Chiudi gli occhi e cerca nel tuo inconscio quale sia il primo motore immobile (come avrebbe detto Aristotele) dei nostri gesti e del nostro pensiero. Le radici del nostro presente non sono altro che il susseguirsi di fatti passati. Cos'è un edificio senza le fondamenta nascoste sotto terra? E anche se il Passato resta nell'ombra, celato nella sua invisibilità, la sua presenza è costante e mai abbandonerà l'uomo.

Vivere esclusivamente il presente è come guardare esclusivamente la superficie del mare. Ma la bellezza dell'infinita distesa d'acqua cerulea è nella sua profondità, in ciò che non riusciamo a vedere...ed è li che è custodita la sua forza.

Per quanto il libero arbitrio giochi un ruolo essenziale, i fili delle nostre azioni sono mossi dalle azioni passate...ma tu non dimenticare mai che dietro all'agire c'è il sentire...Dietro ai nostri gesti ci sono le emozioni di qualcuno che ha affrontato le difficoltà del mondo prima di noi...cosa c'è di più bello di questo?

Forse per capire a pieno noi stessi e il modo a volte molto confuso con cui prendiamo delle decisioni dovremmo provare a ripercorrere i passi degli antichi, degli avi, di coloro che sono vissuti prima di noi sfidando il dolore, e cercare di far battere il nostro cuore al ritmo del loro, per capire quali emozioni li abbiano spinti a scegliere la direzione giusta nei tanti bivi che la vita ti pone innanzi.

E il potere del ricordo del passato sta proprio in questa sua essenza emotiva molto spesso sepolta dall'evento storico in sé per sé. Perciò fermati un momento a riflettere: quale altra spiegazione trovi a una tempesta di vita come quella scatenatasi nell'animo di quel giovane?

"Non avrei mai reagito a nessuna provocazione, ma non permetto a nessuno, soprattutto a questi bifolchi soldati romani, di insultare te. Non posso permetterlo e non lo permetterò. Solo l'ignoranza può generare parole così vuote da suscitare compassione negli ascoltatori. Non diventare anche tu una facile preda dell'Ira cacciatrice...non farlo...non avrebbe senso ribollire di rabbia: la tua lucida razionalità è ben superiore alla loro povertà di spirito. Io non ci sono riuscito...mi sono abbandonato a un π⬚θος furente, nonostante i tuoi preziosi consigli.

Perdonami. Ancora una volta ho fallito. Perdonami. Ancora una volta non sono stato all'altezza dei tuoi insegnamenti. Spero solo di non averti deluso. Sarebbe il più grande fallimento della mia vita. Ti prego...perdonami...per tutto...mamma.

Quale altra dea potrei implorare per aiutarmi ad affrontare a testa alta questa ultima ma estrema difficoltà se non te? Non è la tua natura divina che invoco...non è la dea che il popolo dell'Egitto ha acclamato per anni a gran voce che supplico. Alzo gli occhi al cielo sperando che la mia preghiera raggiunga la vera essenza divina che pochi hanno saputo saggiamente riconoscere: è facile parlare di te come figlia di Iside, come la "Dea che ama il padre", come la divina regina sovrana d'Egitto...la difficoltà sta nel vedere il tuo potere divino e sacro nei gesti quotidiani. La mia preghiera disperata è rivolta alla divinità sottesa alla tua dolcezza di donna, e soprattutto di madre.

Nessuno ha avuto il privilegio di conoscere questo lato dell'ultima versatile regina d'Egitto...nessuno...tranne me e i miei fratelli. Penso che sia il privilegio più prezioso che io abbia mai avuto. Ti hanno chiamata in tanti modi, ti hanno attribuito tanti aggettivi anche antitetici...ma nessuno ha mai visto realmente l'amore che diffondevano i tuoi occhi quando mi vedevi correrti incontro nei corridoi del palazzo. Il mondo intero non conoscerà mai la madre eccezionale che sei stata...all'umanità intera rimarrà oscura questa tua dolcezza materna. Ma sappi che nessuno riuscirà mai a strapparla dal mio cuore. Perché se io penso a te, ti ricordo come madre, non come regina o come dea. Come madre.

Non puoi immaginare quanto dolore mi provoca il fatto che non possa descrivere all'umanità l'eccezionale donna che sei stata...non puoi immaginarlo neanche lontanamente.

E ora che sto per raggiungerti nel regno dell'Aldilà, a ovest del fiume, voglio rivivere l'intensità di ogni momento passato insieme…solo tu puoi darmi la forza per scacciare la paura di questo momento, per affrontare l'ultimo travaglio a testa alta, con coraggio e determinazione come pochi hanno fatto e faranno nel futuro.

Mamma…sono passati pochi giorni da quando te ne sei andata, ma per me è come se fossero trascorsi anni e anni di torture. Mi manchi. Mi manca il tuo amore, il regalo più bello che io abbia mai ricevuto. Ogni tuo singolo gesto era mosso da una dolcezza infinita, che solo la gioia di essere madre può generare. Non sai cosa scatenavano in me i tuoi sorrisi, i tuoi baci e i tuoi abbracci. Non sono mai riuscito a dirti quanto mi rendevi felice con quei piccoli gesti semplici e quotidiani, mossi dal più sacro e puro dei sentimenti.

Ogni volta che la sera sentivo il tuo passo leggero e veloce che si avvicinava alle mie stanze, sentivo il mio cuore gonfiarsi fino a scoppiare dalla felicità. Correvo verso il corridoio, aspettando di sentire il tuo profumo e di vederti girare l'angolo.

Ed eccoti lì, ferma, nel tuo essere divina nella quotidianità. Ti chinavi a braccia aperte, aspettando che corressi da te. Non erano le mie gambe a correre, ma il mio cuore, un cavallo al galoppo spinto da un'unica certezza: avrei raggiunto una persona che mi amava per quello che ero, nella mia semplicità e ingenuità, e che mi avrebbe amato per sempre.

E dopo quella corsa che mi sembrava infinita, gettavo le mie braccia attorno al mio collo profumato, mentre mi stringevi in un abbraccio inscindibile: ho sempre desiderato che quell'abbraccio serale non finisse mai. Il calore del tuo corpo, il respiro sui miei capelli, le tue mani che mi accarezzavano la schiena: non sai quanto mi sentivo al sicuro in quell'abbraccio. Era il mio rifugio segreto, il luogo dove sarei stato sempre protetto e in cui avrei sempre ricevuto asilo. E prima di sciogliere quella morsa di affetto fatale, le tue labbra si posavano sempre sulla mia fronte, donandomi un rapido ma intenso bacio come per suggellare un patto eterno, secondo il quale nulla e nessuno ci avrebbe mai separato.

Mi manca il tuo sorriso con cui mi accoglievi ogni giorno, con cui riuscivi a rendere gioiosi anche i momenti più tristi. Sento ancora la tua risata fragorosa risuonare nelle orecchie...quanto amavo vederti ridere nelle sere passate insieme, perché speravo di essere io la causa di tanta gioia.

Ma soprattutto mi mancano i tuoi occhi. Nella mia breve vita non ho mai incontrato nessuno che avesse uno sguardo intenso almeno la metà del tuo.

Non ho mai capito quale fosse il colore dei tuoi occhi...forse perché erano unici, e una cosa unica è difficile da definire, se non impossibile. Neri come la notte senza luna, con sfumature blu lapislazzuli...o altre volte con un leggero velo di marrone. Non riuscirò mai a stabilirlo con esattezza.

Posso solo dire che i tuoi occhi erano come il mare...di una profondità sconcertante! Comunicavano ogni singola emozione, ogni singolo stato d'animo...erano di una versatilità sbalorditiva. Ogni tanto ripenso alla decisione ferrea di quello sguardo, la sicurezza che trasmettevi a chiunque ti guardasse, la fermezza regale che emergeva da quella profondità. Come poteva un popolo intero non fidarsi di una sovrana con occhi così? Il bagliore che li illuminava comunicava molto più delle parole.

Ricordo bene quello sguardo…attraverso ancora la mia anima, come una scia di fuoco nella notte…

Ma da quella profondità emergeva il lato più bello e prezioso della tua persona, il sentimento che più ti caratterizzava, ma che dovevi nascondere per poi esprimere tra le mura del nostro palazzo. I tuoi occhi erano una continua dimostrazione del tuo amore per me.

Ogni volta che mi fermavo a contemplarli, vedevo una dolcezza infinita, un affetto unico, per me, solo per me.

Ogni volta che mi guardavi, sentivo il tuo amore che mi avvolgeva in un abbraccio inscindibile che non mi avrebbe abbandonato mai.

Ogni volta che i nostri sguardi si incontravano, riuscivamo a regalarci degli abbracci unici e intensi anche se privi di un vero e proprio contatto fisico, ma che univano i nostri animi…e capivo che mi volevi bene non perché ti avevo dato prova del mio valore o altro, ma solo perché ero io, perché ero una parte di te.

Non c'è mai stato e non ci sarà mai nulla di gratuito e puro come l'amore di una madre: amare qualcuno solo perché esiste è un'impresa che nessun eroe tragico è mai riuscito a compiere. Una madre che ama compie un gesto molto più straordinario delle azioni di quegli uomini il cui valore è stato a lungo cantato dagli aedi.

Amarmi solo perché esistevo: quale impresa eccezionale hai compiuto, che tesoro prezioso mi hai donato! E per questo non finirò mai di ringraziarti...così come non finirò mia di ringraziarti per avermelo fatto capire ogni singolo istante trascorso insieme grazie al tuo sguardo intenso, specchio della bontà del tuo animo. Forse è proprio vero che l'anima umana ha sede proprio negli occhi.

Per me non solo sei stata mia madre, ma anche un esempio di vita, una saggia maestra da imitare continuamente. Per troppo poco tempo ho apprezzato le tue doti magiche...l'ingenuità del bambino che sono stato mi rendeva cieco di fronte alle tue straordinarie capacità.

Non sai quanto rimpiango di aver trascorso con te solo la mia infanzia...proprio ora che stavo diventando un uomo e che avrei potuto imparare dalla tua intelligenza, te ne sei andata. Solo ora mi rendo conto di quanto tu sia stata non solo una regina, ma anche una donna straordinaria.

La tua intelligenza era oggetto di invidia...la tua astuzia ti rendeva una città inespugnabile. Capacità politiche come le tue sono rare...e penso che pochi sovrani ne siano stati e ne saranno provvisti. E anche ora che rivivo ogni singolo ricordo, sono sbalordito di fronte alla tua saggezza nel sapere equilibrare ogni mossa, nel sapere prendere ogni singola decisone per il bene dell'Egitto.

Ti hanno chiamata strega, ti hanno accusato di malvagità, spietatezza e sete di potere. Ma io non ho visto questa insaziabile avidità nel tuo agire. Ogni tua decisione era mossa dal tuo dovere di regina. E compito di ogni sovrana degno di questo nome è far fiorire il proprio regno nell'indipendenza. Sei salita al trono in un periodo che forse verrà ricordato come uno dei più difficili della Storia. L'alba di una nuova potenza, Roma, stava offuscando la luce splendente dell'Egitto...e tu, piuttosto che far spegnere quella luce, hai donato tutta te stessa per far rivivere alla nostra terra lo splendore del passato, cercando e ottenendo l'appoggio di uomini che sei riuscita a conquistare con la tua cultura e la tua intelligenza. I Romani non riusciranno mai a spiegarsi come sei riuscita a conquistare il cuore di due leggende come mio padre e Antonio...non ammetteranno mai che sono state le tue abilità intellettive a colpirli...preferiranno dire che è stata la tua bellezza a incantarli, perché sarebbe troppo disonorevole riconoscere l'astuzia politica e l'immensa cultura di una donna. Spero però che qualcuno prima o poi riuscirà a capire che il tuo fascino conquistatore era mosso dalla tua straordinaria intelligenza.

Hai raggiunto, se non superato, la grandezza del tuo antenato Tolomeo: sei diventata regina di tutto l'Oriente, perché Marco Antonio sapeva che solo tu, con le tue abilità, saresti riuscita a riportare l'ordine e la pace nei territori da lui conquistati, mondi così diversi dalle sue terre italiche. Sei quasi riuscita a realizzare il tuo sogno: l'unione tra Oriente e Occidente, che bramavi nonostante la palese impossibilità utopica. Un progetto avvolto in un mare di nebbia ma che comunque sei riuscita a scorgere, seppure da lontano. C'eri quasi riuscita, ma la grandezza del progetto era troppo anche per te che oscillavi tra la caducità dei mortali e l'eternità di una dea.

Hai cercato di proteggere il tuo regno in un'era dove il declino era inevitabile. E lo sapevi. Hai cercato di non inginocchiarti di fonte al nemico all'alba. Hai cercato di ridonare l'antico splendore al nostro regno, da troppo tempo rimasto nell'ombra: e hai raggiunto il tuo obiettivo. L'Egitto con te ha trovato la pace e la ricchezza, grazie alla ferrea disciplina e alla meticolosità delle tue decisioni...è tornato a essere la potenza da anni dimenticata...anche se per poco.

E la tua eccezionalità sta proprio in questo: hai visto il tramonto del nostro mondo, ma hai cercato di ritardarlo il più possibile. Hai difeso l'Egitto come nessuno ha mai fatto, facendo sì che dalle braci ormai in procinto di spegnersi si generasse un grande fuoco prima di morire del tutto. Nessun sovrano ha rispettato il suo dover quanto lo hai fatto tu.

Tanti hanno parlato e parleranno della tua arte incantatrice e maga. Solo la tua magia poteva incatenare il rigore romano. Ma io credo in realtà che nei tuoi gesti non c'era magia...ma abilità, un'abilità straordinaria nel conoscere i punti deboli dei tuoi avversari, debolezze che hai saputo sfruttare nel migliore dei modi: sei riuscita a far sentire dei comuni mortali vicini agli dei. Come può un uomo non resistere a questa tentazione?

Hai affrontato nemici provenienti da un mondo dove la donna non ha valore...e tu sei riuscita a dimostrare che le tue capacità non erano di certo inferiori alle loro. Sei stata il nemico peggiore, da punto di vista politico e ideologico. Solo una mente scaltra come la tua poteva sfruttare questa duplicità: da un lato prendevi decisioni politiche strategiche, dall'altro sapevi giocare la carta delle nostre usanze, dei nostri costumi, delle nostre ricchezze, mettendo a dura prova il rigore morale dei Romani.

Come potevano due uomini straordinari come Cesare e Marco Antonio non innamorarsi di te? Come potevano non rimanere affascinati dalle tue doti eccezionali, dalla tua intelligenza portentosa?

Molte cose si diranno su queste relazioni, come del resto è accaduto fino ad ora. Molti si chiederanno se dietro a questi legami ci fosse una spinta utilitaristica o un sentimento vero. E sinceramente me lo sono sempre chiesto anche io. Era amore ciò che ti legava a mio padre? Sai, avrei tanto voluto conoscerlo, vedervi insieme, vedere come si incrociavano i vostri sguardi, per conoscere la verità. Molti dicono che lui era un conquistatore, e come tale amava essere predatore anche di donne…e dicono che tu cercavi un alleato che ti avrebbe protetta dall'avidità romana. Non so quale sia stato il confine tra alleanza politica e sentimento…non lo so e non lo potrò mai sapere…però mi piace pensare che tu ti sia innamorata di quell'uomo più grande di te, con i segni del peso degli anni sul volto, caratterizzato da una profonda saggezza e da un'imprevedibile audacia. Mi piace pesare che ti potesse battere il cuore aspettando di vederlo venirti in contro.

Non sono stato testimone del legame che hai avuto con mio padre, ma lo sono stato di quello che ti ha unita a Marco Antonio. Diranno di certo che anche questa relazione aveva un sfondo politico…quanti hanno supposto che tu abbia cercato un valido sostituto di Cesare, un uomo potente che ti avrebbe protetta dal potere crescete di Roma e che avresti potuto sfruttare per accrescere i tuoi domini? In realtà nei tuoi occhi vedevo una luce, così come in quelli di Antonio. In quell'eroe mortale trovavi l'amore, trovavi il brivido del rischio, trovavi una protezione, trovavi l'ammirazione. Quanto hai bruciato di gelosia quando hai ricevuto la notizia del matrimonio con Ottavia? Quanto hai cercato di dimostragli la superiorità del tuo valore rispetto a quella della sorella del tuo nemico?

Se non lo avessi amato, non lo avresti accompagnato nei territori dell'Asia Minore mentre aspettavi un figlio…hai addirittura anteposto le sue necessità alla tua salute: sfido chiunque a non riconoscere l'amore in questo gesto.

Se lui non ti avesse amata, ti avrebbe lasciata sola e indifesa, in balia dei tuoi nemici, una volta resosi conto che la tua alleanza lo avrebbe portato a scontrarsi con il suo Senato e con uno degli uomini più influenti del tempo: Ottaviano. Come si può non trovare i segni dell'amore in questi gesti?

Mamma. Solo tu potevi essere la mia ispirazione, la mia forza in questi ultimi istanti. Non sarei mai riuscito ad affrontarli senza il tuo aiuto. Anche nella morte sei un esempio da seguire. Quanto coraggio hai avuto per guardare in faccia la morte senza tremare? Solo la tua decisione poteva permetterti di prendere in mano il destino e cambiarlo. Ormai la fine era vicina, la sconfitta alle porte. Il tuo nemico aveva vinto. Ma tu non avresti mai permesso di distruggere in quel modo la tua dignità e la tua regalità, non avresti mai permesso a un uomo come Ottaviano di vincere tutto.

Infatti, anche se è riuscito a conquistare il tuo regno, ha perso lo scontro finale: non è mai riuscito a sottometterti, non è mai riuscito a sconfiggerti. Piuttosto che prigioniera priva della libertà, hai preferito la morte. Piuttosto che inginocchiarti di fronte a un uomo privo di valore, hai preferito prendere in mano un aspide e permettergli di morderti il petto, facendoti invadere dal gelo del suo veleno.

Quanto coraggio scorreva nelle tue vene per farti decidere di sacrificare la vita anziché darti per vinta...quanta forza di volontà ha mosso il tuo animo per farti vincere non una guerra politica, ma una guerra di dignità e valore.

Pochi sono riusciti ad affrontare la morte con la tua stessa fermezza...ma il premio in gioco era troppo alto per potersi tirare in dietro: ci si giocava la memoria immortale delle proprie abilità. E anche questa sfida sei riuscita a vincerla.

Grazie mamma...grazie. Madre, regina, maestra di vita, modello, fonte di ispirazione e di forza: sei stata il mio faro, il mio pilastro, il mio punto di riferimento in questi miei diciassette anni. Rimpiango solo di non averti visto con gli occhi dell'uomo che non diventerò mai...forse sarei riuscito ad apprezzarti ancora di più.

Grazie per avermi dato la forza di non avere paura dei miei nemici, grazie per avermi aiutato ad affrontare la morte con dignità: mi hai fatto capire che anche io sto combattendo una guerra, simile alla tua...e in palio c'è il ricordo che si tramanderà di me.

Grazie mamma per avermi guidato un'ultima volta...ora so anche io come cambiare il mio destino! Grazie e scusami se qualche volta ti ho deluso o non sono stato all'altezza delle tue aspettative...spero che ora non sia troppo tardi per dimostrare che sono degno di essere il figlio di Cesare e soprattutto tuo figlio: il figlio di Cleopatra".

Ora guarda...osserva attentamente: con un movimento fluido e lento e con elegante e regale dignità, il bellissimo Cesarione alza il capo, guardando negli occhi l'uomo sul cavallo bianco. Il suo sguardo brilla di una luce nuova...la luce di una sfida vinta ancor prima di essere cominciata.

Ascolta...ascolta la sua voce melodica e incidi le sue parole nella tua memoria, perché sarai l'unico testimone di questo ricordo sconosciuto all'umanità...

«Chi sei tu che ti ergi di fronte a me come un dio? Chi sei per imporre il tuo dominio a popoli soggiogati con la spada e con il fuoco? Popoli che consideri inferiori solo per le loro culture e le loro usanze, così diverse da quelle romane, costruendo i tuoi pensieri con architetture complesse e insensate di pregiudizi. Chi sei per esaltare la tua superiorità fantasma, che poggia su basi di nebbia ed è stata plasmata dal nulla?

Non è sangue divino quello che scorre nelle tue vene, non è la nobiltà d'animo che abita il tuo cuore, non è il coraggio che orchestra le tue gesta, non è il rispetto che muove i tuoi pensieri, non è l'amore che fa battere il tuo cuore!

Tu, un semplice, comune, banale mortale, un uomo dalla gola arsa della sete di potere. Nettare e ambrosia non placheranno mai la tua insaziabile ingordigia…nemmeno il cibo degli dei soddisfa le tue incontentabili esigenze.

Nessuna lama riuscirà mai a scalfire il tuo cuore di pietra, nessun fuoco riuscirà mai a sciogliere il ghiaccio che ti rende invulnerabile a pietà e compassione, nessuna chiave riuscirà ad aprire lo scrigno dove hai segregato quelle esuli briciole d'amore, nessuno stratega riuscirà ad espugnare la città dalle mura fantasma dove hai imprigionato i tuoi sentimenti.

Spietato. Avido. Non riuscirei a definirti in altro modo. E non credere di essere uscito vittorioso da questa guerra combattuta con l'inganno e la menzogna…hai scatenato guerre contro i tuoi nemici in nome dei vostri "mores maiorum", del vostro rigore morale, dei vostri diritti, della res publica. Hai combattuto contro uomini nelle cui vene scorreva il tuo stesso sangue perché nemici dei valori del tuo popolo, quando tu stesso quei valori li hai ridotti in cenere.

Tu che ti proclami il salvatore dello Stato, colui che ha ridato la luce al potere del popolo e del senato, in realtà hai calpestato tutti i principi che hanno segnato per secoli l'agire romano. Inganno. Slealtà. Sul tuo volto i segni della malvagità!

Tu che mi guardi dall'alto del tuo destriero, con disprezzo e sdegno, non sfuggirai alla verità, perché altri come me hanno letto nei tuoi occhi il frutto dell'inganno. Puoi celare l'eterna e immortale verità dei fatti per secoli, ma prima o poi questa risorgerà trionfante. Potrai anche cancellare le tracce dell'esistenza di coloro che hanno ostacolato la tua ascesa…potrai anche operare una damnatio memoriae, ma qualche dettaglio ti sfuggirà, stanne certo…

Ogni essere umano lascia tracce indelebili nel corso della sua vita, lascia impronte apparentemente invisibili…e non credere che queste tracce siano solo documenti scritti, opere d'arte, statue o cartigli…perché il segno più importante che un uomo lascia di sé sulla Terra è l'emozione che ha scatenato nel cuore di qualcuno, emozione destinata a partorire un ricordo.

Contro il tuo stesso volere mia madre ha scatenato una tempesta nel cuore…una tempesta di invidia e odio…e anche se cercherai di cancellare la verità sul suo conto, o di eliminarla dalla Storia, non ne uscirai vincitore: tu non la dimenticherai mai, non riuscirai a far cadere in oblio il ricordo della sua straordinaria abilità nel tenerti testa. Ottaviano…non iniziare una guerra che non puoi vincere…hai già perso: lei vive in te!».

Una nube di terrore avvolge l'uomo sul cavallo bianco: la sua sicurezza è svanita, i suoi progetti sono andati in fumo. E tutto per un giovane diciassettenne, un ragazzo per giunta anche orientale! Guarda l'espressione sul suo volto, guarda il lieve tremore delle sue labbra.

Sii testimone della sua emozione…imprimitela nella mente…non avrai più l'occasione di contemplare il terrore sceso su un uomo passato alla Storia per la sua sicurezza e le sue certezze. Il tuo ricordo può ribaltare un giudizio che ha attraversato i secoli…e anche se non lo rivelerai mai, renditi comunque conto di quanto un ricordo possa essere un'arma potente.

Le uniche parole che riesce a dire sono «Eum depellite! Sbarazzatevi di lui!», poi con un colpo secco del tallone sui fianchi del cavallo, fugge veloce, consapevole della sua eterna sconfitta.

Il soldato più anziano estrae una spada dal fodero. Con decisone punta l'alma sul petto del giovane, esattamente sul cuore. Ogni suo muscolo è fermo, così come quelli di Cesarione. Non esiste modo migliore di affrontare la morte se non con la serenità che illumina il suo viso...una serenità dovuta alla soddisfazione di aver rivelato la verità sconfiggendo uno degli uomini più potenti del mondo.

Tutto in un istante: il soldato si prepara a sferzare il colpo, le labbra del ragazzo si muovono. Presto! Hai poco tempo per leggere i movimenti delle sue labbra e capire le sue ultime parole! Non lasciartele sfuggire...presto! Osserva con attenzione...cosa vedi? Io credo proprio che, con gli occhi ridenti rivolti al cielo abbia detto con un sussurro «Grazie mamma. Sto venendo da te!». E nell'istante prima che la spada gli trafigga il cuore, Cesarione fissa il cielo, sorridendo con la sua genuinità della meraviglia di un ragazzo. Cosa avrà visto? Quale sarà stato il suo ultimo ricordo?

Voltati, guarda il cielo anche tu...guarda il cielo con i suoi stessi occhi, per cogliere ed apprezzare gli stessi dettagli che lo hanno reso coraggioso di fronte alla morte, alla vista di quella spada che gli avrebbe ben presto strappato la vita.

Osserva...lassù nel cielo, sulle soglie cerulee, proprio lungo il tragitto della barca di Ra, ci sono due occhi, gli stessi occhi profondi come il mare, intensi, dolci e sicuri che erano stati il suo punto di riferimento: gli occhi della madre.

Uno sguardo che ha il potere di abbracciarti l'anima, uno sguardo pronto ad accoglierti e a prenderti per mano dandoti il coraggio necessario per affrontare la paura. Solo una visione così potente fa sì che gli ultimi attimi di vita di un condannato a morte possano essere degni di essere vissuti a pieno. Poi, all'improvviso, il buio.

Anche la magia del potere del ricordo non è eterna, anche l'abbandono ai sensi prima o poi è destinato a finire. Torna in te e conserva questo prezioso tesoro nel tuo cuore. Trai degli insegnamenti da ciò che hai avuto il privilegio di vedere e sentire.

Ricordati che un giovane di diciassette anni è stato ucciso perché sangue del sangue di uno degli uomini più importanti della Storia, ricordati che è morto contemplando lo sguardo della madre magicamente comparso in cielo.

Ricordati che nonostante la sua poca esperienza e la sua tenera età è riuscito a trovare il coraggio di reagire e di affrontare la morte con dignità. Ricordati tutto questo, perché al resto dell'umanità non è stato dato questo privilegio.

Cesarione era un germoglio appena sbocciato, tenero, debole, ma dotato di una grinta ancora in potenza, che però presto si sarebbe manifestata in tutta la sua pienezza. Cesarione era un germoglio, ma se avesse avuto la possibilità di crescere sarebbe diventato una pianta centenaria che neanche il più forte dei venti sarebbe riuscito a piegare.

Finito di stampare nel mese di Novembre 2015
per conto di Youcanprint *Self-Publishing*

www.ingramcontent.com/pod-product-compliance
Lightning Source LLC
Chambersburg PA
CBHW020608130626
46552CB00007B/3095